KB232996

빼앗긴 들에도 봄은 오는가

한 국 대 표
명　　시　　선
1　0　0

이　상　화

빼앗긴 들에도 봄은 오는가

시인생각

1

빼앗긴 들에도 봄은 오는가

지금은 남의 땅— 빼앗긴 들에도 봄은 오는가?

나는 온몸에 햇살을 받고
푸른 하늘 푸른 들이 맞붙은 곳으로
가르마 같은 논길을 따라 꿈속을 가듯 걸어만 간다.

입술을 다문 하늘아 들아
내 맘에는 내 혼자 온 것 같지를 않구나
네가 끄을었느냐 누가 부르더냐 답답워라 말을 해 다오.

바람은 내 귀에 속삭이며
한 자욱도 섰지 마라 옷자락을 흔들고
종다리는 울타리 너머 아가씨같이 구름 뒤에서 반갑게 웃네.

고맙게 잘 자란 보리밭아
간밤 자정이 넘어 내리던 고운 비로
너는 삼단 같은 머리를 감았구나 내 머리조차 가뿐하다.

혼자라도 갑부게나 가자
마른 논을 안고 도는 착한 도랑이

젖먹이 달래는 노래를 하고 제 혼자 어깨춤만 추고 가네.

나비 제비야 깝치지 마라.
맨드라미 들마꽃에도 인사를 해야지
아주까리기름을 바른 이가 지심 매던 그들이라 다 보고 싶다.

내 손에 호미를 쥐어 다오
살찐 젖가슴 같은 부드러운 이 흙을
팔목이 시도록 매고 좋은 땀조차 흘리고 싶다.

강가로 나온 아이와 같이
짬도 모르고 끝도 없이 닫는 내 혼아
무엇을 찾느냐 어디로 가느냐 우스웁다 답을 하려무나.

나는 온몸에 풋내를 띠고
푸른 웃음 푸른 설움이 어우러진 사이로
다리를 절며 하루를 걷는다 아마도 봄 신명이 잡혔나보다.

그러나 지금은— 들을 빼앗겨 봄조차 빼앗기겠네.

나의 침실로
　　— 가장 아름답고 오랜 것은 오직 꿈속에만 있어라

마돈나, 지금은 밤도 모든 목거지에 다니노라. 피곤하여 돌아가련도다.

아, 너도 먼동이 트기 전으로 수밀도의 네 가슴에 이슬이 맺도록 달려오너라.

마돈나, 오려무나, 네 집에서 눈으로 유전遺傳하던 진주는 다 두고 몸만 오너라.

빨리 가자, 우리는 밝음이 오면 어딘지 모르게 숨는 두 별이어라.

마돈나, 구석지고도 어둔 마음의 거리에서 나는 두려워 떨며 기다리노라.

아, 어느덧 첫닭이 울고— 뭇 개가 짖도다. 나의 아씨여, 너도 듣느냐.

마돈나, 지난밤이 새도록 내 손수 닦아둔 침실로 가자, 침실로!

낡은 달은 빠지려는데, 내 귀가 듣는 발자국— 오, 너의 것이냐?

　　마돈나, 짧은 심지를 더우잡고 눈물도 없이 하소연하는
내 맘의 촉燭불을 봐라.
　　양털 같은 바람결에도 질식이 되어 얄푸른 연기로 꺼지
려는도다.

　　마돈나, 오너라, 가자, 앞산 그리메가 도깨비처럼 발도 없
이 가까이 오도다.
　　아, 행여나 누가 볼는지— 가슴이 뛰누나, 나의 아씨여,
너를 부른다.

　　마돈나, 날이 새련다, 빨리 오려무나, 사원의 쇠북이 우리
를 비웃기 전에. 네 손이 내 목을 안아라, 우리도 이 밤과 함
께 오랜 나라로 가고 말자.

　　마돈나, 뉘우침과 두려움의 외나무다리 건너 있는 내 침
실 열 이도 없으니.
　　아, 바람이 불도다. 그와 같이 가볍게 오려무나. 나의 아
씨여, 네가 오느냐?

　마돈나, 가엾어라, 나는 미치고 말았는가. 없는 소리를 내
귀가 들음은—,
　내 몸에 파란 피— 가슴의 샘이 말라버린 듯 마음과 목이
타려는도다.

　마돈나, 언젠들 안 갈 수 있으랴. 갈 테면 우리가 가자, 끄
을려가지 말고!
　너는 내 말을 믿는 마리아— 내 침실이 부활의 동굴임을
네야 알련만……

　마돈나, 밤이 주는 꿈, 우리가 엮는 꿈, 사람이 안고 뒹구
는 목숨의 꿈이 다르지 않으니.
　아, 어린애 가슴처럼 세월 모르는 나의 침실로 가자, 아름
답고 오랜 거기로.

　마돈나, 별들의 웃음도 흐려지려 하고 어둔 밤 물결도 잦
아지려는도다.
　아, 안개가 사라지기 전으로 네가 와야지. 나의 아씨여,
너를 부른다.

말세의 희탄

저녁의 피 묻은 동굴 속으로
아, 밑 없는 그 동굴 속으로
끝도 모르고
끝도 모르고
나는 꺼꾸러지련다.
나는 파묻히련다.

가을의 병든 미풍의 품에다
아, 꿈꾸는 미풍의 품에다
낮도 모르고
밤도 모르고
나는 술 취한 몸을 세우련다
나는 속 아픈 웃음을 빚으련다.

단조單調

비 오는 밤
가라앉은 하늘이
꿈꾸듯 어두워라.

나뭇잎마다에서
젖은 속살거림이
끊이지 않을 때일러라.

마음의 막다른
낡은 뒷집에선
넌지 모르나 까닭도 없어라

눈물 흘리는 적笛소리만
가없는 마음으로
고요히 밤을 지우다.

저편에 늘어 섰는
백양나무 숲의 살찐 그림자는
잊어버린 기억이 떠돎과 같이
침울— 몽롱한

캔버스 위에서 흐느끼다.

아! 야릇도 하여라
야밤의 고요함은
내 가슴에도 깃들이다.

병아리 입술로
떠도는 침묵은
추억의 녹 낀 창을
죽일 숨 쉬며 엿보아라.

아, 자취도 없이
나를 껴안은
이 밤의 흩짐이 서러워라.

비 오는 밤
가라앉은 영혼이
죽은 듯 고요도 하여라.

내 생각의
거미줄 끝마다에서
작은 속살거림은
줄곧 쉬지 않더라.

가을의 풍경

맥 풀린 햇살에 번쩍이는 나무는 선명하기 동양화일러라.
흙은 아낙네를 감은 천아융天鵝絨 허리띠같이 따습어라.

무거워 가는 나비 나래는 드물고도 쇠衰하여라.
아, 멀리서 부는 피리 소린가? 하늘 바다에서 헤엄질치다.

병들어 힘없이도 섰는 잔디풀— 나뭇가지로
미풍의 한숨은 가는[細] 목을 매고 껄떡이어라.

참새 소리는 제 소리의 몸짓과 함께 가볍게 놀고
온실 같은 마루 끝에 누운 검은 괴의 등은 부드럽게도 기름져라.

청춘을 잃어버린 낙엽은 미친 듯 나부끼어라.
서럽고도 즐겁게 조을음 오는 적막이 덩부렁거리다.

사람은 부질없이 가슴에다 까닭도 모르는 그리움을 안고
마음과 눈으로 지나간 푸름의 인상을 허공에다 그리어라.

가장 비통한 기욕祈慾
― 간도 이민을 보고

아, 가도다, 가도다, 쫓겨가도다
잊음 속에 있는 간도와 요동 벌로
주린 목숨 움켜쥐고 쫓아가도다
자갈을 밥으로 해채를 마셔도
마구나 가졌으면 단잠을 얽을 것을―
인간을 만든 검아 하루 일찍
차라리 주린 목숨을 뺏어가거라!

아, 사노라, 사노라, 취해 사노라
자포自暴 속에 있는 서울과 시골로
멍든 목숨 행여 갈까, 취해 사노라
어둔 밤 말없는 돌을 안고서
피울음 울어도 설움은 풀릴 것을―
인간을 만든 검아, 하루 일찍
차라리 취한 목숨, 죽여버려라!

이중二重의 사망
— 가서 못 오는 박태원의 애틋한 영혼에게 바침

죽음일다!
성난 해가 이빨을 갈고
입술은 붉으락푸르락 소리 없이 훌쩍이며
유린당한 계집같이 검은 무릎에 곤두치고 죽음일다.

만종의 소리에 마구를 그리워하는 소—
피난민의 마음으로 보금자리를 찾는 새—
다아 검은 농무濃霧 속으로 매장이 되고
천지는 침묵한 뭉텅이 구름과 같이 되다!

'아, 길 잃은 어린 양아, 어디로 가려느냐.
아, 어미 잃은 내 새끼야, 어디로 가려느냐.'
비극의 서곡을 리프레인 하듯
허공을 지나는 숨결이 말하더라.

아, 도적놈의 죽일 숨 쉬듯한 미풍에 부딪혀도
설움의 실패꾸리를 풀기 쉬운 내 마음은
하늘 끝과 지평선이 어둔 비밀실에서 입맞추다
죽은 듯한 그 벌판을 지나려 할 때 누가 알랴.
어여뿐 계집의 씹는 말과 같이

제 혼자 지즐대며 어둠에 끓는 여울은 다시 고요히
농무에 휩싸여 맥 풀린 내 눈에서 껄떡이다.

바람결을 안으려 나부끼는 거미줄같이
헛웃음 웃는 미친 계집의 머리털로 묶은—
아, 이 내 신령의 낡은 거문고 줄은
청철靑鐵의 옛 성문으로 닫힌 듯한 얼빠진 내 귀를 뚫고
울어들다 울어들다 울다는 다시 웃다—
악마가 야호野虎같이 춤추는 깊은 밤에
물방앗간의 풍차가 미친 듯 돌며
곰팡 슬은 성대로 목메인 노래를 하듯……!

저녁 바다의 끝도 없이 몽롱한 머ㅡㄴ 길을
운명의 악지 바른 손에 끄을려 나는 방황해 가는도다.
남풍嵐風에 돛대 꺾인 목선과 같이 나는 방황하는도다.

아, 인생의 쓴 향연에 불림 받은 나는 젊은 환몽 속에서
청상靑孀의 마음 위와 같이 적막한 빛의 음지에서
추거를 따르며 장식葬式의 애곡을 듣는 호상객처럼—
털 빠지고 힘없는 개의 목을 나도 드리고

나는 넘어지다— 나는 꺼꾸러지다!

죽음일다 !
부드럽게 뛰노는 나의 가슴이
주린 빈랑牝狼의 미친 발톱에 찢어지고
아우성치는 거친 어금니에 깨물려 죽음일다!

빈촌의 밤

봉창 구멍으로
나르은하게 조으노라
깜박이는 호롱불
햇빛을 꺼리는 늙은 눈알처럼
세상 밖에서 앓는다, 앓는다.

아, 나의 마음은
사람이란 이렇게도
광명을 그리는가―
담조차 못 가진 거적문 앞에를,
이르러 들으니, 울음이 돌더라.

역천 逆天

이때야말로 이 나라의 보배로운 가을철이다
더구나 그림도 같고 꿈과도 같은 좋은 밤이다
초가을 열나흘 밤 열푸른 유리로 천장을 한 밤
거기서 달은 마중 왔다 얼굴을 쳐들고 별은 기다린다 눈
짓을 한다
그리고 실낱같은 바람은 길을 꺼려 바라노라 이따금 성
화를 하지 않는가.

그러나 나는 오늘 밤에 좋아라 가고프지가 않다.
아니다, 나는 오늘 밤에 좋아라 보고프지도 않다.

이런 때 이런 밤 이 나라까지 복지게 보이는 저편 하늘을
햇살이 못 쪼이는 그 땅에 나서 가슴 밑바닥으로 못 웃어
본 나는 선뜻만 보아도
철모르는 나의 마음 홀아비 자식 아비를 따르듯 불 본 나
비가 되어
꾀이는 얼굴과 같은 달에게로 웃는 이빨 같은 별에게로
앞도 모르고 뒤도 모르고 곤두치듯 줄달음질을 쳐서 가
더니.

그리하야 지금 내가 어디서 무엇 때문에 이 짓을 하는지
그것조차 잊고서도 낮이나 밤이나 노닐 것이 두려웁다.

걸림 없이 사는 듯하면서도 걸림뿐인 사람의 세상—
아름다운 때가 오면 아름다운 그때와 어울려 한 뭉텅이
가 못되어지는 이 살이—
꿈과도 같이 그림 같고 어린이 마음 위와 같은 나라가 있어
아무리 불러도 멋대로 못 가고 생각조차 못하게 지천을
떠는 이 설움
벙어리 같은 이 아픈 설움이 칡넝쿨같이 몇 날 몇 해나
얽히어 틀어진다.

보아라 오늘 밤에 하늘이 사람 배반하는 줄 알았다.
아니다 오늘 밤에 사람이 하늘 배반하는 줄도 알았다.

달밤— 도회都會

먼지투성이인 지붕 위로
달이 머리를 쳐들고 서네.

떡잎이 터진 거리의 포플러가 실바람에 불려
사람에게 놀란 도적이 손에 쥔 돈을 놓아버리듯
하늘을 우러러 은쪽을 던지며 떨고 있다.

풋솜에나 비길 얇은 구름이
달에게로 달에게로 날아만 들어
바다 위에 섰는 듯 보는 눈이 어지럽다.

사람은 온몸에 달빛을 입은 줄도 모르는가
둘씩 셋씩 짝을 지어 예사롭게 지껄인다
아니다 웃을 때는 그들의 입에 달빛이 있다 달 이야긴가
보다.

아 하다못해 오늘 밤만 등불을 꺼버리자.
촌각시같이 방구석에서 추녀 밑에서
달을 보고 얼굴을 붉힌 등불을 보려무나.

거리 뒷간 유리창에도
달은 내려와 꿈꾸고 있네.

조소

두터운 이불을,
포개 덮어도,
아직 추운,
이 겨울밤에,
언 길을 밟고 가는
장돌림, 봇짐장수,
재 너머 마을,
저자 보러
중얼거리며,
헐떡이는 숨결이,
아—

나를 보고, 나를
비웃으며 지난다.

2

초혼招魂

서럽다, 건망증이 든 도회都會야!
어제부터 살기조차 다—두었대도
몇 백 년 전 네 몸이 생기던 옛 꿈이나마나
마지막으로 한 번은 생각코나 말아라.
서울아, 반역이 낳은 도회야!

통곡

하늘을 우러러
울기는 하여도
하늘이 그리워 울음이 아니다
두 발을 못 뻗는 이 땅이 애닲아
하늘을 흘기니
울음이 터진다
해야 웃지 마라
달도 뜨지 마라

시인에게

한편의 시 그것으로
새로운 세계 하나를 낳아야 할 줄 깨칠 그 때라야
시인아 너의 존재가
비로소 우주에게 없지 못할 너로 알려질 것이다.
가뭄 든 논에는 청개구리의 울음이 있어야 하듯—

새 세계란 속에서도
마음과 몸이 갈려 사는 줄풍류만 나와 보아라.
시인아 너의 목숨은
진저리나는 절름발이 노릇을 아직도 하는 것이다.
언제든지 일식된 해가 돋으면 뭣하며 진들 어떠랴.

시인아 너의 영광은
미친 개꼬리도 밟는 어린애의 짬 없는 그 마음이 되어
밤이라도 낮이라도
새 세계를 낳으려 손댄 자국이 시가 될 때에—있다.
촛불로 날아들어 죽어도 아름다운 나비를 보아라.

선구자의 노래

나는 남 보기에 미친 사람이란다.
나는 내 알기로는 참된 사람이노라.

나를 아니꼽게 여길 이 세상에는
살려는 사람이 많기도 하여라.

오, 두려워라 부끄러워라,
그들의 꽃다운 사리가 눈에 보인다.

행여나 내 목숨이 있기 때문에
그 살림을 못 살까— 아, 죄롭다.

내가 알음이 적은가 모름이 많은가,
내가 너무나 어리석은가 슬기로운가.

아무래도 내 하고저움은 미친 짓뿐이라
남의 꿀듣는 집을 문흘지 나도 모른다.

사람아 미친 내 뒤를 따라만 오너라.
나는 미친 흥에 겨워 죽음도 뵈줄 테다.

바다의 노래
　　　— 나의 넋, 물결과 어우러져 동해의 마음을 가져온 노래

내게로 오너라 사람아 내게로 오너라
병든 어린애의 헛소리와 같은
묵은 철리哲理와 같은 낡은 성교聖敎는 다 잊어버리고
애통을 안은 채 내게로만 오라

하나님을 비웃을 자유가 여기 있고
늙어지지 않는 청춘도 여기에 있다
눈물 젖은 세상을 버리고 웃는 내게로 와서
아 생명이 변동에만 있음을 깨쳐보아라

비 갠 아침

밤이 새도록 퍼붓던 그 비도 그치고
동쪽 하늘이 이제야 불그레하다.
기다리는 듯 고요한 이 땅 위로
해는 점잖게 돋아 오른다.

눈 부시는 이 땅
아름다운 이 땅
발을 내밀기에 황송만 하다.

해는 모든 것에게 젖을 주었나 보다.
동무여 보아라
우리의 앞뒤로 있는 모든 것이
햇살의 가닥―가닥을 잡고 빨지 않느냐.

이런 기쁨이 또 있으랴
이런 좋은 일이 또 있으랴
이 땅은 사랑뭉텅이 같구나
아 오늘의 우리 목숨은 복스러워도 보인다.

파 — 란 비

파 — 란 비가 '초-ㄱ 초-ㄱ' 명주 씻는 소리를 하고 오늘 낮부터 아직도 온다.

비를 부르는 개구리 소리 어쩐지 을씨년스러워 구슬픈 마음이 가슴에 밴다.

나는 마음을 다 쏟던 바느질에서 머리를 한 번 쳐들고는 아득한 생각으로 빗소리를 듣는다.

'초-ㄱ 초-ㄱ' 내 울음같이 훌쩍이는 빗소리야 내 눈에도 이슬비가 속눈썹에 듣는고나.

날 맞도록 오기도 하는 파 — 란 비라고 서로움이 아니다.

나는 이 봄이 되자 어머니와 오빠 말고 낯선 다른 이가 그리워졌다.

그러기에 나의 설움은 파 — 란 비가 오면부터 남부끄러 말은 못하고 가슴 깊이 뿌리가 박혔다.

매몰스런 파 — 란 비는 내가 지금 이와 같이 구슬픈지도 꿈에도 모르고 '초-ㄱ 초-ㄱ' 나를 울린다.

저무는 놀 안에서

거룩하고 감사론 이 동안이
영영 있게시리 나는 울면서 빈다.
하루의 이 동안— 저녁의 이 동안이
다만 하루만이라도 머물러 있게시리 나는 빈다.

우리의 목숨을 기르는 이들
들에서 일깐에서 돌아오는 때다.
사람아, 감사의 웃는 눈물로 그들을 씻자
하늘의 하나님도 쫓아낸 목숨을 그들은 기른다.

아 그들이 흘리는 땀방울이
세상을 만들고 다시 움직인다.
가지런히 뛰는 네 가슴 속을 듣고 들으면
그들의 헐떡이던 거룩한 숨결을 네가 찾으리라.

땀 찬 이마와 맥 풀린 눈으로
괴론 몸 움막집에 쉬러 오는 때다.
사람아 마음의 입을 열어 그들을 기리자.
하나님이 무덤 속에서 살아옴에다 어찌 견주랴.

거룩한 저녁 꺼지려는 이 동안에 나 혼자 울면서 노래 부른다.
사람이 세상의 하나님을 알고 섬기게시리 나는 노래 부른다.

비를 다고
— 농민의 정서를 읊조림

사람만 다라워질 줄로 알았더니
필경에는 믿고 믿던 하늘까지 다라워졌다.
보리가 팔을 벌리고 달라다가 달라다가
이제는 굶아진 몸으로 목을 댓 자나 빼주고 섰구나!

반갑지도 않은 바람만 냅다 불어
가엾게도 우리 보리가 달증이 든 듯이 노랗다
풀을 뽑느니 이랑에 손을 대보느니 하는 것도
이제야 헛일을 하는가 싶어 맥이 풀려만 진다!

거름이야 죽을 판 살 판 거루어 두었지만
비가 안 와서— 원수ㅅ놈의 비가 오지 않아서
보리는 벌써 목이 말라 입에 대지도 않는다
이렇게 한 장 동안만 더 간다면
그만— 그만이다. 죽을 수밖에 없는 노릇이로구나!

하늘아 한 해 열두 달 남의 일 해주고 겨우 사는 이 목숨이
굶아죽으면 네 맘에 시원할 게 뭐란 말이냐
제발 빌자! 밭에서 갈잎 소리가 나기 전에
무슨 수가 나주어야 올해는 그대로 살아나가보제!

다라운 사람놈의 세상에 몹쓸 팔자를 타고나서
살도 죽도 못해 잘난 이 짓을 대대로 하는 줄은
하늘아! 네가 말은 안 해도 짐작이야 못했것나
보리도 우리도 오장이 다 탄다 이러지 말고 비를 다고!

동경에서

오늘이 다 되도록 일본의 서울을 헤매어도
나의 꿈은 문둥살 같은 조선의 땅을 밟고 돈다.

예쁜 인형들이 노는 이 도회의 호사로운 거리에서
나는 안 잊히는 조선의 하늘이 그리워 애달픈 마음에 노
래만 부르노라.

'동경'의 밤이 밝기는 낮이다-그러나 내게 무엇이랴!
나의 기억은 자연이 준 등불 해금강의 달을 새로이 솟친다.

색채의 음향이 생활의 화려로운 아롱사紗를 짜는―
예쁜 일본의 서울에서도 나는 암멸暗滅을 서럽게― 달게
꿈꾸노라.

아 진흙과 짚풀로 얽맨 움 밑에서 부처같이 벙어리로 사
는 신령아
우리의 앞엔 가느나마 한 가닥 길이 뵈느냐― 없느냐―
어둠뿐이냐?

거룩한 단순의 상징체인 흰옷 그 너머 사는 맑은 네 맘에

숯불에 손 데인 어린 아기의 쓰라림이 숨은 줄을 뉘라서
아랴!

벽옥碧玉의 하늘은 오직 네게서만 볼 은총 받았던 조선의
하늘아
눈물도 땅 속에 묻고 한숨의 구름만이 흐르는 네 얼굴이
보고 싶다.
아 예쁘게 잘 사는 '동경'의 밝은 웃음 속을 온 데로 헤매
나
내 눈은 어둠 속에서 별과 함께 우는 흐린 호롱불을 넋없
이 볼 뿐이다.

어머니의 웃음

날이 맞도록
온 데로 헤매노라—
나른한 몸으로도
시들픈 맘으로도
어둔 부엌에,
밥 짓는 어머니의
나보고 웃는 빙그레 웃음!
내 어려 젖 먹을 때
무릎 위에다
나를 고이 안고서
늙음조차 모르던
그 웃음을 아직도
보는가 하니
외로움의 조금이
사라지고, 거기서
가는 기쁨이 비로소 온다.

3

겨울 마음

물장수가 귓속으로 들어와 내 눈을 열었다.
보아라!
까치가 뼈만 남은 나뭇가지에서 울음을 운다.
왜 이래?
서리가 덩달아 추녀 끝으로 눈물을 흘리는가.
내야 반가웁기만 하다 오늘은 따스하겠구나.

지반池畔 정경
— 파계사把溪寺 용소龍沼에서

능수버들의 거듭 포개인 잎 사이에서
해는 주등색朱橙色의 따사로운 웃음을 던지고
깜푸르게 몸꼴 꾸민, 저편에선
남모르게 하는 바람의 군소리— 가만히 오다.

나는 아무 빛갈래도 없는 욕망과 기원으로
어디인지도 모르는 생각의 바다 속에다
원무 추는 혼령을 뜻대로 보내며
여름 우수에 잠긴 풀 사잇길을 방만스럽게 밟고 간다.

우거진 나무 밑에 넋빠진 네 몸은
속마음 깊게— 고요롭게— 미끄러우며
생각에 겨운 눈물과 같이
이름도 얼굴도 모르는 빈 꿈을 얽매더라.

물 위로 죽은 듯 엎디어 있는
끝도 없이 옅푸른 하늘의 영원성 품은 빛이
그리는 애인을 뜻밖에 만난 미친 마음으로
내 가슴에 나도 몰래 숨었던 나라와 어우러지다.

나의 넋은 바람결의 구름보다도 연약하여라
잠자리와 제비 뒤를 따라, 가볍게 돌며
별나라로 오르라— 갑자기 흙 속으로 기어들고
다시는, 해묵은 낙엽과 고목의 거미줄과도 헤매이노라.

저문 저녁에, 쫓겨난 쇠북 소리 하늘 너머로 사라지고
이 날의 마지막 놀이로 어린 고기들 물놀이 칠 때
내 머리 속에서 단잠 깬 기억은 새로이, 이곳 온 까닭을
생각하노라.
이 못이 세상 같고, 내 한 몸이 모든 사람 같기도 하다!
아 너그럽게도 숨 막히는 그윽일러라, 고요로운 설움일러라.

방문 거절

아 내 맘의 잠근 문을 두드리는 이여, 네가 누구? 이 어둔
밤에
'영예!'
방두깨 살자는 영예여! 너거든 오지 말아라.
나는 네게서 오직 가엾은 웃음을 볼 뿐이로다.

아 벙어리 입으로 문만 두드리는 이여, 너는 누구? 이 어
둔 밤에
'생명!'
도깨비 노래 하자는 목숨아, 너는 돌아가거라.
네가 주는 것 다만 내 가슴을 썩인 곰팡이뿐일러라.

아 아직도 문을 두드리는 이여— 이 어둔 밤에
'애련!'
불놀이하자는 사랑아, 너거든 와서 낚아가거라.
내겐 너 줄, 오직 네 병든 몸속에 누울 넋뿐이로다.

비음緋音
　　— '비음'의 서사

이 세기를 몰고 넣는, 어둔 밤에서
다시 어둠을 꿈꾸노라 조으는 조선의 밤—
망각 뭉텅이 같은, 이 밤 속으론
햇살이 비추어 오지도 못하고
하나님의 말씀이, 배부른 군소리로 들리노라

낮에도 밤— 밤에도 밤—
그 밤의 어둠에서 스며난, 뒤지기* 같은 신령은,
광명의 목거지란 이름도 모르고
술 취한 장님이 머—ㄴ 길을 가듯
비틀거리는 자욱엔, 핏물이 흐른다!

*) 두더지의 방언.

이별을 하느니

어쩌면 너와 나 떠나야겠으며 아무래도 우리는 나눠야겠
느냐?
남몰래 사랑하는 우리 사이에 우리 몰래 이별이 올 줄은
몰랐어라.

꼭두로 오르는 정열에 가슴과 입술이 떨어 말보다 숨결
조차 못 쉬노라.
오늘밤 우리들의 목숨이 꿈결같이 보일 애타는 네 맘 속
을 내 어이 모르랴.

애인아 하늘을 보아라 하늘이 까라졌고 땅을 보아라 땅
이 꺼졌도다.
애인아 내 몸이 어제같이 보이고 네 몸도 아직 살아서 내
곁에 앉았느냐?

어쩌면 너와 나 떠나야겠으며 아무래도 우리는 나눠야겠
느냐?
우리 둘이 나뉘어 생각하고 사느니 차라리 바라보며 우
는 별이나 되자!

사랑은 흘러가는 마음 위에서 웃고 있는 가비어운 갈대
꽃인가.
때가 오면 꽃송이는 곯아지며 때가 가면 떨어졌다 썩고
마는가.

님의 기림에서만 믿음을 얻고 님의 미움에서는 외롬만
받을 너이었더냐.
행복을 찾아선 비웃음도 모르는 인간이면서 이 고행을
싫어할 나이었더냐.

애인아 물에다 물탄 듯 서로의 사이에 경계가 없던 우리
마음 위로
애인아 검은 그림자가 오르락내리락 소리도 없이 어른거
리도다.

남몰래 사랑하는 우리 사이에 우리 몰래 이별이 올 줄은
몰랐어라.
우리 둘이 나뉘어 사람이 되느니 차라리 피울음 우는 두
견이나 되자!

오려무나, 더 가까이 내 가슴을 안아라 두 마음 한 가락
으로 엮어보고 싶다.
　자그마한 부끄럼과 서로 아는 믿븜 사이로 눈감고 오는
방임放任을 맞이하자.

　아 주름 접힌 네 얼굴— 이별이 주는 애통이냐 이별은 쫓
고 내게로 오너라.
　상아의 십자가 같은 네 허리만 더우잡는 내 팔 안으로 달
려오너라.

　애인아 손을 다고 어둠 속에도 보이는 납색의 손을 내 손
에 쥐어다고.
　애인아 말해 다고 벙어리 입이 말하는 침묵의 말을 내 눈
에 일러다고.

　어쩌면 너와 나 떠나야겠으며 아무래도 우리는 나눠야겠
느냐?
　우리 둘이 나눠어 미치고 마느니 차라리 바다에 빠져 두
마리 인어로나 되어서 살자!

구루마꾼

'날마다 하는 남부끄런 이 짓을
너희들은 예사롭게 보느냐?'고
웃통도 벗은 구루마꾼이
눈 붉혀 뜬 얼굴에 땀을 흘리며
아낙네의 아픔도 가리지 않고
네거리 위에서 소 흉내를 낸다.

엿장수

네가 주는 것이 무엇인가?
어린이에게도 늙은이에게도
짐승보다는 신령하단 사람에게
단맛 뵈는 엿만이 아니다
단맛 너머 그 맛을 아는 맘
아무라도 가졌느니 잊지 말라고
큰 가새로 목탁 치는 네가
주는 것이란 어찌 엿뿐이랴!

거러지

아침과 저녁에만 보이는 거러지야!
이렇게도 완악하게 된 세상을
다시 더 가엾게 여겨 무엇 하랴 나오너라.

하나님 아들들의 죄록罪錄인 거러지야!
그들은 벼락 맞을 저들을 가엾게 여겨
한낮에도 움 속에 숨어주는 네 맘을 모른다 나오너라.

대구大邱 행진곡

앞으로는 비슬산 뒤로는 팔공산
그 복판을 흘러가는 금호강 물아
쓴 눈물 긴 한숨이 얼마나 쎄기에
밤에는 밤 낮에는 낮 이리도 우나

반남아 무너진 달구성 옛터에나
숲그늘 우거진 도수원 놀이터에
오고가는 사람이 많기야 하여도
방천둑 고목처럼 여윈 이 얼마랴

넓다는 대구감영 아무리 좋대도
웃음도 소망도 빼앗긴 우리로야
님조차 못 가진 외로운 몸으로야
앞뒤뜰 다 헤매도 가슴이 답답타

가을밤 별같이 어여쁜 이 있거든
착하고 귀여운 술이나 부어 다고
숨가쁜 이 한밤은 잠자도 말고서
달 지고 해 돋도록 취해나 볼 테다.

무제 無題

오늘 이 길을 밟기까지는
아 그때가 가장 괴롭도다.
아직도 남은 애닲음이 있으려니
그를 생각는 오늘이 쓰리고 아프다.

헛웃음 속에 세상이 잊어지고
끄을리는 데 사람이 산다면
검아 나의 신령을 돌멩이로 만들어다고
제 사리의 길은 제 찾으려는 그를 죽여다고

참 웃음의 나라를 못 밟을 나이라면
차라리 속 모르는 죽음에 빠지련다.
아, 멍들고 이울어진 이 몸은 묻고
쓰린 이 아픔만 품 깊이 안고 죽으련다.

청년

청년— 그는 동망憧望— 제대로 노니는 향락의 임자
첫여름 돋는 해의 혼령일러라.

흰옷 입은 내 어느덧 스물 젊음이어라,
그러나 이 몸은 울음의 왕이어라.

마음은 하늘가를 날으면서도
가슴은 붉은 땅을 못 떠나노라

바람도 기쁨도 어린애 잠꼬대로
해 밑에서 밤 자리로 ○○○○○○*

청년— 흰옷 입은 나는 비수의 임자,
느껴울 빚은 술의 생명일러라.

*) 6자 불명不明.

4

반딧불

— 단념은 미덕이다(루낭)

보아라 저기!
아—니 또 여기!

까마득한 저문 바다 등대와 같이
짙어가는 밤하늘에 별빛과 같이
켜졌다 꺼졌다 깜작이는 반딧불!

아 철없이 뒤따라 잡으려 마라
장미꽃 향내와 함께 듣기만 하여라
아낙네의 예쁨과 함께 맞기만 하여라.

농촌의 집

아버지는 지게 지고 논밭으로 가고요
어머니는 광지 이고 시냇가로 갔어요
자장자장 울지 마라 나의 동생아
네가 울면 나 혼자서 어찌하라냐.

해가 저도 어머니는 왜 오시지 않나
귀한 동생 배고파서 울기만 합니다.
자장자장 울지 마라 나의 동생아
저기저기 돌아오나 마중 가보자

예지

혼자서 깊은 밤에 별을 보옴에
갓모를 백사장에 모래알 하나같이
그리도 적게 세인 나인 듯하여
갑갑하고 애닯다가 눈물이 되네.

병적 계절

기러기 제비가 서로 엇갈림이 보기에 이리도 설운가.
귀뚜리 떨어진 나뭇잎을 부여잡고 긴 밤을 새네.
가을은 애달픈 목숨이 나누어질까 울 시절인가보다.

가없는 생각 짬 모를 꿈이 그만 하나 둘 잦아지려는가.
홀아비같이 헤매는 바람 떼가 한 배 가득 굽이치네.
가을은 구슬픈 마음이 앓다 못해 날뛸 시절인가보다.

하늘을 보아라 야윈 구름이 떠돌아다니네.
땅 위를 보아라 젊은 조선이 떠돌아다니네.

곡자사 哭子詞

웅희야! 너는 갔구나
엄마가 넌지 아빠가 넌지
너는 모르고 어디로 갔구나!

불쌍한 어미를 가졌기 때문에
가난한 아비를 두었기 때문에
오자마자 네가 갔구나.

달보다 잘났던 우리 웅희야
부처님보다도 착하던 웅희야
너를 언제나 안아나 줄꼬.

그러게 팔월에 네가 간 뒤
그 해 시월에 내가 갇히어
네 어미 간장을 태웠더니라.

지나간 오월에 너를 얻고서
네 어미가 정신도 못 차린 첫 칠날
네 아비는 또다시 갇히었더니라.

그런 뒤 오온 한 해도 못 되어
갖은 꿈 온갖 힘 다 쓰려던
이 아비를 버리고 너는 갔구나.

불쌍한 속에서 네가 태어나
불쌍한 한숨에 휩쌔고 말 것
어미 아비 두 가슴에 못이 박힌다.

말 못하던 너일망정 잘 웃기 따에
장차는 어려움 없이 잘 지내다가
사내답게 한평생을 마칠 줄 알았지.

귀여운 네 발에 흙도 못 묻혀
몹쓸 이런 변이 우리에게 온 것
아, 마른하늘 벼락에다 어이 견주랴.

너 위해 얽던 꿈 어디 쓰고
네게만 쏟던 사랑 어디 줄꼬
웅희야 제발 다시 숨쉬어다오

하루해를 네 곁에서 못 지내 본 것
한 가지도 속 시원히 못 해준 것
감옥 방 판자벽이 얼마나 울었던지.

웅희야! 너는 갔구나
웃지도 울지도 꼼짝도 않고.

불쌍한 선물로 설움을 끼고
가난한 선물로 몹쓸 병 안고
오자마자 네가 갔구나.

하늘보다 더 미덥던 우리 웅희야
이 세상엔 하나밖에 없던 웅희야
너를 언제나 안아나 줄꼬—

달아

달아!
하늘 가득히 서러운 안개 속에
꿈모닥이같이 떠도는 달아
나는 혼자
고요한 오늘 밤을 들창에 기대어
처음으로 안 잊히는 그이만 생각는다.
달아!
너의 얼굴이 그이와 같네
언제 보아도 웃던 그이와 같네
착해도 보이는 달아
만져보고저운 달아
잘도 자는 풀과 나무가 예사롭지 않네.
달아!
나도 나도
문틈으로 너를 보고
그이 가깝게 있는 듯이
야릇한 이 마음 안은 이대로
다른 꿈은 꾸지도 말고 단잠에 들고 싶다.
달아!
너는 나를 보네

밤마다 손치는 그이 눈으로—
달아 달아
즐거운 이 가슴이 아프기 전에
잠재워다오—내가 내가 자야겠네.

오늘의 노래

나의 신령!
우울을 헤칠 그날이 왔다!
나의 목숨아!
발악을 해볼 그 때가 왔다.

사천 년이란 오랜 동안에
오늘의 이 아픈 권태 말고도 받은 것이 있다면 그게 무엇
이랴,
시기에서 난 분열과 게서 얻은 치욕이나 열정을 죽였고
새로 살아날 힘조차 뜯어먹으려는—
관성이란 해골의 떼가 밤낮으로 도깨비 춤추는 것뿐이
아니냐?
아— 문둥이의 송장 뼈다귀보다도 더 더럽고
독사의 삭은 등성이 뼈보다도 더 무서운 이 해골을
태워버리자! 태워버리자!

부끄러워라, 제 입으로도 거룩하다 자랑하는 나의 몸은
안을 수 없는 이 괴롬을 피하려 잊으려
선웃음치고 하품만 몇 해째 속에서 조을고 있다.
그러나 아직도

쉴 사이 없이 울며 가는 자연의 변화가 내 눈에 내 눈에
보이고
'죽지도 살지도 않는 너는 생명이 아니다'란 내 맘의 비웃
음까지 들린다 들린다.
아, 서리 맞은 배암과 같은 이 목숨이나마 끊어지기 전에
입김을 불어넣자, 핏물을 들여보자,

묵은 옛날은 돌아보지 말려고 기억을 무찔러 버리고
또 하루 못 살면서 먼 앞날을 좇아가려는 공상도 말아야
겠다.
게으름이 빚어낸 조을음 속에서 나올 것이란 죄 많은 잠
꼬대뿐이니
오랜 병으로 혼백을 잃은 나에게 무슨 놀라움이 되랴.
애닲은 멸망의 해골이 되려는 나에게 무슨 영약이 되랴.
아 오직 오늘의 하루로부터 먼저 살아나야겠다.
그리하여 이 하루에서만 영원을 잡아 쥐고 이 하루에서
세기를 헤아리려
권태를 부수자! 관성을 죽이자!

나의 신령아!
우울을 헤칠 그날이 왔다.
나의 목숨아!
발악을 해볼 그 때가 왔다.

지구 흑점의 노래

영영 변하지 않는다 믿던 해 속에도 검은 점이 돋혀
—세상은 수이 식고 말려 여름철부터 모르리라—
맞거나 말거나 덩달아 걱정은 하나마
죽음과 삶이 숨바꼭질하는 위태로운 땅덩이에서도
어째 여기만은 눈 빠진 그믐밤조차 더 내려 깔려
애달픈 목숨들이— 길욱하게도 못살 가엾은 목숨들이 무
엇을 보고 어찌 살고 앙가슴을 뚜드리다 미처나 보았던가.
아 사람의 힘은 보잘것없다 건방지게 비웃고
구만 층 높은 하늘로 올라가 사는 해 걱정을 함이야말로
주제넘다.
대대로 흙만 파먹으면 한결같이 살려니 하던 것도
—우스꽝스런 도깨비에게 홀린 긴 꿈이었나—
알아도 겪어도 예사로 여겨만 지는가
이미 밤이면 반딧불 같은 별이나마 나와는 주어야지
어째 여기만은 숨통 막는 구름조차 또 겹쳐 끼어
울어도 쓸데없이— 단 하루라도 살 듯 살아볼 거리 없이
무엇을 믿고 잊어볼꼬 땅바닥에 뒤궁굴다 죽고나 말 것인가.
아 사람의 마음은 두렬 것 없다 만만하게 생각고
천 가지 갖은 지랄로 잘 까부리는 저 하늘을 둠이야말로
속 터진다.

마음의 꽃
— 청춘에 상뇌傷惱 되신 동무를 위하여

오늘을 넘어선 가리지 말라!
슬픔이든, 기쁨이든, 무엇이든,
오는 때를 보려는 미리의 근심도— .

아, 침묵을 품은 사람아, 목을 열어라,
우리는 아무래도 가고는 말 나그넬러라,
젊음의 어둔 온천에 입을 적셔라.

춤추어라, 오늘만의 젖가슴에서,
사람아, 앞뒤로 헤매지 말고
짓태워버려라!
끄슬려버려라!
오늘의 생명은 오늘의 끝까지만—

아, 밤이 어두워오도다,
사람은 헛것일러라,
때는 지나가다,
울음의 먼 길 가는 모르는 사이로—

우리는 가슴 복판에 숨어 사는
옅푸른 마음의 꽃아 피워버리라,
우리는 오늘을 지리며 먼 길 가는 나그넬러라.

허무교도의 찬송가

오를지어다, 있다는 너희들의 천국으로—
내려보내라, 있다는 너희들의 지옥으로—
나는 하나님과 운명에게 사로잡힌 세상을 떠난,
너희들의 보지 못할 머—ㄴ 길 가는 나그네일다!

죽음을 가진 뭇 떼여! 나를 따라라!
너희들의 청춘도 새 송장의 눈알처럼 쉬 꺼지리라.
아! 모든 신명이여, 사기사詐欺師들이여, 자취를 감추라.
허무를 깨달은 그때의 칼날이 네게로 가리라.

나는 만상을 가리운 가부假符 너머를 보았다.
다시 나는, 이 세상의 비부秘符를 혼자 보았다.
그는 이 땅을 만들고 인생을 처음으로 만든 미지의 요정이
저에게 반역할까 하는 어리석은 뜻으로
'모든 것이 헛것이다' 적어둔 그 비부를,

아! 세상에 있는 무리여! 나를 믿어라.
나를 따르지 않거든, 속 썩은 너희들의 사랑을 가져가거라.
나는 이 세상에서 빌려 입은 '숨키는 옷'을 벗고
내 집 가는 어렴풋한 직선의 위를 이제야 가려 함이다.

사람아! 목숨과 행복이 모르는 새 나라에만 있도다.
세상은 죄악을 뉘우치는 마당이니
게서 얻은 모-든 것은 목숨과 함께 던져버리라.
그때야, 우리를 기다리던 우리 목숨이 참으로 오리라.

그날이 그립다

내 생명의 새벽이 사라지도다.

그립다 내 생명의 새벽— 설워라 나 어릴 그 때도 지나간 검은 밤들과 같이 사라지려는도다.

성녀의 피수포被首布처럼 더러움의 손 잎으로는 감히 대이기도 부끄럽던 아가씨의 목—

젖가슴 빛 같은 그때의 생명!

아 그날 그때에는 낮도 모르고 밤도 모르고 봄빛을 머금고 움 돋던 나의 영靈이

저녁의 여울 위로 곤두치는 고기가 되어

술 취한 물결처럼 갈모로 춤을 추고 꽃심의 냄새를 뿜는 숨결로 아무 가림도

없는 노래를 잇대어 불렀다.

아 그날 그때에는 낮도 없이 밤도 없이 행복의 시내가 내게로 흘러서 은銀칠한 웃음을 만들어내며 혼자 있어도 외롭지 않았고 눈물이 나와도 쓰린 줄 몰랐다.

네 목숨의 모두가 봄빛이기 때문에 울던 이도 나만 보면 웃어들 주었다.

아 그립다 내 생명의 새벽— 설워라 나 어릴 그때도 지나
간 검은 밤들과 같이
　사라지려는도다.
　오늘 성경 속의 생명수에 아무리 조촐하게 씻은 손으로
도 감히 만지기에 부끄럽던 아가씨의 목— 젖가슴 빛 같은
그때의 생명!

5

독백

나는 살련다 나는 살련다
바른 맘으로 살지 못하면 미쳐서도 살고 말련다
남의 입에서 세상의 입에서
사람 영혼의 목숨까지 끊으려는
비웃음의 쌀이
내 송장의 불쌍스런 그 꼴 위로
소낙비가 차내려 쏟을지라도—
짓퍼부울지라도
나는 살련다 내 뜻대로 살련다
그래도 살 수 없다면—
나는 제 목숨이 아까운 줄 모르는
벙어리의 붉은 울음 속에서라도
살고는 말련다
원한이라는 이름도 얼굴도 모르는
장마 진 냇물의 여울 속에 빠져서 나는 살련다
게서 팔과 다리를 허둥거리고
부끄럼 없이 몸살을 쳐보다
죽으면— 죽으면— 죽어서라도 살고는 말련다

폭풍우를 기다리는 마음

오랜 오랜 옛적부터
아, 몇 백 년 몇 천 년 옛적부터
호미와 가래에게 등심살 벗기우고
감자와 기장에게 속기름을 빼앗기인
산촌의 뼈만 남은 땅바닥 위에서
아직도 사람은 수확을 바라고 있다.

게으름을 빚어내는 이 늦은 봄날
'나는 이렇게도 시달렸노라……'
돌멩이를 내보이는 논과 밭
거기서 조으는 듯 호미질하는
농사짓는 사람의 목숨을 나는 본다.

마음도 입도 없는 흙인 줄 알면서
얼마라도 더 달라고 정성껏 뒤지는
그들의 가슴엔 저주를 받을
숙명이 주는 자족이 아직도 있다
자족이 시킨 굴종이 아직도 있다.

하늘에도 게으른 흰구름이 돌고
땅에서도 고달픈 침묵이 깔려진
오— 이런 날 이런 때에는
이 땅과 내 마음의 우울을 부술
동해에서 폭풍우나 쏟아져라— 빈다.

조선병 朝鮮病

언제나 오늘 보이는 사람마다 숨결이 막힌다.
오래간만에 만나는 반가움도 없이
참외꽃 같은 얼굴에 선웃음이 집을 짓더라.
눈보라 몰아치는 겨울 맛도 없이
고사리 같은 주먹에 진땀물이 굽이치더라.
서하늘에다 봉창이나 뚫으랴 숨결이 막힌다.

본능의 노래

밤새도록, 하늘의 꽃밭이, 세상으로 옵시사 비는 입에서나,
날삯에 팔려, 과년해진 몸을 모시는 흙마루에서나
앓는 이의 조으는 숨결에서나, 다시는,
모든 것을 시들프게 아는, 늙은 마음 위에서나,
어디서, 언제일는지,
사람의 가슴에, 뛰놀던 가락이, 너무나 고달파지면
'목숨은 가엾은 부림꾼이라' 곱게도 살찌게, 쓰담아 주려
입으로 하품이 흐르더니—이는 신령의 풍류이어라,
몸에선 기지개가 켜이더니—이는 신령의 춤이어라,

이 풍류의 소리가, 네 입에서, 사라지기 전,
이 춤의 발자국이, 네 몸에서, 떠나기 전,
(그때는 가려운 옴자리를 긁음보다도,
밤마다 꿈만 꾸던 두 입술이 비로소 맞붙는 그때일러라)
그때의 네 눈엔 간악한 것이 없고,
죄로운 생각은 네 맘을 밟지 못하도다—,
아, 만 입을 내가, 가진 듯, 거룩한 이 동안을, 나는 기리노라,
때마다, 흘겨보고, 꿈에도 싸우던 넋과 몸이, 어우러지는 때다,
나는, 무덤 속에 가서도, 이같이 거룩한 때에 살고자 하려노라.

금강송가金剛頌歌
— 중향성衆香城 향나무를 더우잡고

금강! 너는 보고 있도다— 너의 쟁위錚偉로운 목숨이 엎디어 있는 가슴— 중향성衆香城 품속에서 생각의 용솟음에 끄을려 참회하는 벙어리처럼 침묵의 예배만 하는 나를!

금강! 아, 조선이란 이름과 얼마나 융화된 네 이름이냐. 이 표현의 배경 의식은 오직 마음의 눈으로만 읽을 수 있도다. 모-든 것이 어둠에 질식되었다가 웃으며 놀라 깨는 서색曙色의 영화와 여일麗日의 신수新粹를 묘사함에서—게서 비로소 열정과 미의 원천인 청춘—광명과 지혜의 자모慈母인 자유—생명과 영원의 고향인 묵동默動을 볼 수 있느니 조선이란 지오의指奧義가 여기 숨었고 금강이란 너는 이 오의奧義의 집중 통각統覺에서 상징화한 존재이어라.

금강! 나는 꿈속에서 몇 번이나 보았노라. 자연 가운데의 한 성전인 너를— 나는 눈으로도 몇 번이나 보았노라. 시인의 노래에서 또는 그림에서 너를— 하나, 오늘에야 나의 눈 앞에 솟아 있는 것은 조선의 정령이 공간으론 우주 마음에 촉각이 되고 시간으론 무한의 마음에 영상이 되어 경이의 창조로 현현된 너의 실체이어라.

금강! 너는 너의 관미寬美로운 미소로써 나를 보고 있는
듯 나의 가슴엔 말래야 말 수 없는 야릇한 친애와 까닭도
모르는 경건한 감사로 언젠지 어느덧 채워지고 채워져 넘치
도다. 어제까지 어둔 사리에 울음을 우노라— 때 아닌 늙음
에 쭈그러진 나의 가슴이 너의 자안慈顔과 너의 애무로 다리
미질한 듯 자그마한 주름조차 볼 수 없도다.

금강! 벌거벗은 조선—물이 마른 조선에도 자연의 은총이
별달리 있음을 보고 애틋한 생각- 보배로운 생각으로 입술
이 달거라—노래 부르노라.

금강! 오늘의 역사가 보인 바와 같이 조선이 죽었고 석가
가 죽었고 지장미륵 모든 보살이 죽었다. 그러나 우주생성
의 노정을 밟노라— 때로 변화되는 이 과도 현상을 보고 묵
은 그 시의 조선 얼굴을 찾을 수 없어 조선이란 그 생성 전
체가 죽고 말았다—어리석은 말을 못하리라. 없어진 것이란
다만 묵은 조선이 죽었고 묵은 조선의 사람이 죽었고 묵은
네 목숨에서 곁방살이하던 인도印度의 모든 신상이 죽었을
따름이다. 항구恒久한 청춘—무한의 자유—조선의 생명이
종합된 너의 존재는 영원한 자연과 미래의 조선과 함께 길
이 누릴 것이다.

금강! 너는 사천여 년의 오랜 옛적부터 퍼붓는 빗발과 몰아치는 바람에 갖은 위협을 받으면서 황량하다 오는 이조차 없던 강원의 적막 속에서 망각 속에 있는 듯한 고독의 설움을 오직 동해의 푸른 노래와 마주 읊조려 잊어버림으로 서러운 자족自足을 하지 않고 도리어 그 고독으로 너의 정열을 더욱 가다듬었으며 너의 생명을 갑절 북돋우었도다.

금강! 하루 일찍 너를 찾지 못한 나의 게으름―나의 둔각鈍覺이 얼마만치나 부끄러워, 죄로워 붉은 얼굴로 너를 바라보지 못하고 벙어리 입으로 너를 바로 읊조리지 못하노라.

금강! 너는 완미頑迷한 물物도 허환虛幻한 정精도 아닌―물物과 정精의 혼융체 그것이며, 허수아비의 정精도 미쳐 다니는 동動도 아닌―정과 동의 화해기和諧氣 그것이다. 너의 자신이야말로 천변만화의 영혜靈慧 가득 찬 계시이어라. 억대 조겁億代兆劫의 원각 덩어리인 시편詩篇이어라. 만물상이 너의 혼융에서 난 예지가 아니냐 만폭동이 너의 지해知諧에서 난 선율이 아니냐. 하늘을 어루만질 수 있는 곤려昆盧―미륵이 네 생명의 승앙昇昻을 쏘이며 바다 밑까지 꿰뚫은 입담入潭, 구룡이 네 생명의 심삼深渗을 말하도다.

94

금강! 아, 너 같은 극치의 미가 꼭 조선에 있게 되었음이 야릇한 기적이고 자그마한 내 생명이 어찌 네 애훈愛熏을 받잡게 되었음이 못 잊을 기적이다. 너를 예배하려 온 이 가운데는 시인도 있었으며 도사도 있었다. 그러나 그 시인들은 네 외포미外包美의 반쯤도 부르지 못하였고 그 도사들은 네 내재상內在想의 첫길에 헤매다가 말았다.

금강! 조선이 너를 뫼신 자랑— 네가 조선에 있는 자랑— 자연이 너를 낳은 자랑—이 모든 자랑을 속 깊이 깨치고 그를 깨친 때의 경이 속에서 집을 얽매고 노래를 부를 보배로운 한 정령이 미래의 조선에서 나오리라. 나오리라.

금강! 이제 내게는 너를 읊조릴 말씨가 적어졌고 너를 기려줄 가락이 거칠어져 다만 내 가슴속에 있는 눈으로 내 마음의 발자욱 소리를 내 귀가 헤아려 듣지 못할 것처럼—나는 고요로운 황홀 속에서—할아버지의 무릎 위에 앉은 손자와 같이 예절과 자중을 못 차릴 네 웃음의 황홀 속에서—나의 생명, 너의 생명, 조선의 생명이 서로 묵계默契되었음을 보았노라 노래를 부르며 가벼우나마 이로써 사례를 아뢰노라. 아 자연의 성전이여! 조선의 영대靈臺여!

극단極端

펄떡이는 내 신령이 몸부림치며
어제 오늘 몇 번이나 발버둥질하다
쉬지 않는 타임은 내 울음 뒤로
흐르도다 흐르도다 날 죽이려 흐르도다.

별빛이 달음질하는 그 사이로
나뭇가지 끝을 바람이 무찌를 때
귀뚜라미 왜 우는가 말없는 하늘을 보고?
이렇게도 세상은 야밤에 있어라.

지난해 지난날은 그 꿈속에서
나도 몰래 그렇게 지나 왔도다
땅은 내가 디딘 땅은 몇 번 궁굴려
아 이런 눈물 골짝에 날 던졌도다.

나는 몰랐노라 안일한 세상이 자족에 있음을
나는 몰랐노라 행복 된 목숨이 굴종에 있음을
그러나 새 길을 찾고 그 길을 가다가
거리에서도 죽으려는 내 신령은 너무도 외로워라.

자족 굴종에서 내 길을 찾기보담
남의 목숨에서 내 사리를 얽매기보담
오 차라리 죽음— 죽음이 내 길이노라
다른 나라 새 사리로 들어갈 그 죽음이!

그러나 이 길을 밟기까지는
아 그날 그때가 가장 괴롭도다
아직도 남은 애닯음이 있으려니
그를 생각는 그때가 쓰리고 아프다.

가서는 오지 못할 이 목숨으로
언제든지 헛웃음 속에만 살려거든
검아 나의 신령을 돌멩이로 만들어다고
개천 바닥에 썩고 있는 돌멩이로 만들어다고.

원시적 읍울悒悒鬱

— 어촌 애경哀景

방랑성放浪性을 품은 에메랄드 널판의 바다가 말없이 대
였음이

뭇 머리에서 늦여름의 한낮 숲을 보는 듯— 조으는 얼굴
일러라.

짜증나게도 늘어진 봄날— 오후의 하늘이야 희기도 하여라.

게선 이따금 어머니의 젖꼭지를 빠는 어린애 숨결이 날
려 오도다.

사선斜線 언덕 위로 쭈그리고 앉은 두어 집 울타리마다

걸어 둔 그물에 틈틈이 끼인 조개껍질은 머—르리서 웃는
이빨일러라.

마을 앞으로 엎디어 있는 모래 길에는 아무도 없고나.

지난밤 밤 낚기에 나른하여— 낮잠의 단술을 마심인가보다.

다만 두서넛 젊은 아낙네들이 붉은 치마 입은 허리에 광
주리를 달고

바다의 꿈같은 미역을 거두며 여울목에서 여울목으로 건
너만 간다.

잠결에 듣는 듯한 뻐꾸기의 부드럽고도 구슬픈 울음소리에

늙은 삽사리 목을 뻗고 살피다간 다시 눈감고 조을더라.

나의 가슴엔 갈매기 떼와 함께 수평선 밖으로 넘어가는
마음과

넋 잃은 시선— 어느 것 보이지도 보려도 안는 물 같은
생각의 구름만 쌓일 뿐이어라.

이해를 보내는 노래

‘가뭄이 들고 큰물이 지고 불이 나고 목숨이 많이 죽은
올해이다. 조선 사람아 금강산에 불이 났다 이 한 말이 얼마나
깊은 묵시인가. 몸서리쳐지는 말이 아니냐. 오, 하나님—사
람의 약한 마음이 만든 도깨비가 아니라 누리에게 힘을 주
는 자연의 영정인 하나뿐인 사람의 예지— 를 불러 말하노
니 잘못 짐작은 갖지 말고 바로 보아라 이해가 다 가기 전
에— 조선 사람의 가슴마다에 숨어 사는 모든 하나님들아!’

하나님! 나는 당신께 돌려보냅니다.
속 썩은 한숨과 피 젖은 눈물로 이해를 싸서
웃고 받을지 울고 받을지 모르는 당신께 돌려보냅니다.
당신이 보낸 이해는 목마르던 나를 물에 빠져 죽이려다가
누더기로 겨우 가린 헐벗은 몸을 태우려도 하였고
주리고 주려서 사람끼리 원망타가 굶어 죽고 만 이 해를
돌려보냅니다.
하나님! 나는 당신께 묻조려 합니다.
땅에 엎드려 하늘을 우러러 창 잡은 손으로
밉게 들을지 섧게 들을지 모르는 당신께 묻조려 합니다.
당신 보낸 이해는 우리에게 ‘노아의 홍수’를 갖고 왔다가

그날의 '유황불'은 사람도 만들 수 있다 태워 보였으나
주리고 주려도 우리들이 못 깨쳤다 굶어죽였던가 묻조려
합니다.
아, 하나님!
이해를 받으시고 오는 새해 아침부턴 벼락을 내려줍소
악도 선보담 더 착할 때 있음을 아옵든지 모르면 죽으리라.

기미년

이 몸이 제아무리 부지런히 소원대로
어머님 못 뫼시니 죄롭쇠다 비올 적에
님이야 허랑타 한들 내 아노라 우시던 일.

만주벌

만주벌 묵밭에 묵은 풀은
피맺힌 우리네 살림살이
회오리바람결 같은 신세
이 벌판 먼지가 되나보다

나는 해를 먹다

구름은 차림옷에 놓기 알맞아 보이고
하늘은 바다같이 깊다라ㅡㄴ하다.

한낮 뙤약볕이 쬐는지도 모르고
온몸이 아니 넋조차 깨온ㅡ아찔하여지도록
뼈저리는 좋은 맛에 자지러지기는
보기 좋게 잘도 자란 과수원의 목거지다.

배추 속처럼 핏기 없는 얼굴에도
푸른빛이 비치어 생기를 띠고
더구나 가슴에는 깨끗한 가을 입김을 안은 채
능금을 부수노라 해를 지우나니.

나뭇가지를 더우잡고 발을 뻗기도 하면서
무성한 나뭇잎 속에 숨어 수줍어하는
탐스럽게 잘도 익은 과일을 찾아
위태로운 이 짓에 가슴을 조이는 이때의 마음 저 하늘같이
맑기도 하다.

머리가닥 같은 실바람이 아무리 나부껴도
메밀꽃밭에 춤추던 벌들이 아무리 울어도
지난날 예쁜이를 그리어 살면서 눈물지는,
그런 생각은 꿈밖에 꿈으로도 보이지 않는다.

남의 과일밭에 몰래 들어가
험상스런 얼굴과 억센 주먹을 두려워하면서
하나 둘 몰래 훔치던 어릴 적 철없던 마음이 다시 살아나자
그립고 우습고 죄 없던 그 기쁨이 오늘에도 있다.

부드럽게 쌓여 있는 이랑의 흙은
솥뚜껑을 열고 밥 김을 맡는 듯 구수도 하고
나무에 달린 과일— 푸른 그릇에 담긴 깍두기같이
입안에 맑은 침을 자아내나니.

첫가을! 금호강 굽이쳐 흐르고
벼이삭 배부르게 늘어져 섰는
이 벌판 한가운데 주저앉아서
두 볼이 비자웁게 해 같은 능금을 나는 먹는다.

눈이 오시네

눈이 오시면—
내 마음은 미치나니
내 마음은 달뜨나니
오 눈 오시는 오늘밤에
그리운 그이는 가시네
그리운 그이는 가시고
눈은 자꾸 오시네

눈이 오시면—
내 마음은 달뜨나니
내 마음은 미치나니
아 눈 오시는 이 밤에
그리운 그이는 가시네
그리운 그이는 가시고
눈은 오시네!

1901(1세) 음력 4월 5일 대구시 서문로 2가 12번지에서
이시우李時雨, 김신자金愼子의 차남으로 출생함.

1908(8세) 부친 작고, 이후 백부 이일우의 가내에 설치한
사숙에서 공부함.

1915(15세) 경성중앙학교 입학함.

1918(18세) 경성중앙학교를 3년 수료하고 집을 나가 강원
도 일대를 방랑함.

1919(19세) 3·1운동 당시 대구에서 백기만 등과 함께 계
성학교 학생운동을 배후 조종하였으나 사전에
발각되어 주요 인물이 검거되자, 서울로 피신.
10월 백부의 권유로 공주 출신의 서순애와 결
혼함.

1922(22세) 현진건의 소개로 <백조동인>에 참여, ≪백조≫
1~3호에 「말세의 희탄欷嘆」 「단조單調」 「가을
의 풍경」 「나의 침실로」 「이중二重의 사망」 등
을 발표함.
도일하여 아테네 프랑스에서 2년간 수학함.

1924(24세) 관동대지진으로 인하여 1924년 봄에 프랑스
유학을 포기하고 귀국함.

1925(25세) 박영희, 김기진과 함께 카프 조직에 참여함.
「비음」 「가장 비통한 기욕」 「단장」 「새로운 동
무」 「문단측면사」 등을 발표함.

1926(26세) 「빼앗긴 들에도 봄은 오는가」를 ≪개벽≫ 70
호에 발표함. 이 시의 게재로 개벽지는 판매금
지 처분을 당함.
「조선병」「겨울 마음」「지구 흑점의 노래」「문
예의 시대적 변위와 작가의 의식적 태도론」 등
을 발표함.

1927(27세) 의열단 이종암 사건에 연루되어 구금됨, 또 장
진홍 의사의 조선은행 대구지점 폭탄 투척 사
건에도 관련되어 고문과 폭행을 당함.

1930(30세) 「대구행진곡」을 ≪별곤건別乾坤≫ 10월호에 발
표함.

1933(33세) 교남학교에 적을 두었으나 이내 사임. 「반딧불」
「농촌의 집」 발표함.

1934(34세) <조선일보> 경북 총국을 맡아서 경영함.

1935(35세) 시 「역천」을 ≪시원≫ 2호, 「나는 해를 먹다」를
≪조광≫ 2호에 발표함.

1936(36세) 독립투사인 백씨 이상정 장군을 만나러 중국으
로 가 남경, 북경, 상해 등지를 3개월간 유랑한
후 귀국함.

1937(37세) 귀국 직후 일경에 구금되어 고초를 겪음. 이후
대구 교남학교에 복직하여 교가 작사.

1939(39세) 교남학교 교가 가사 문제로 가택수색을 당하여
자신의 시 원고와 고월의 유고까지 압수당함.

1941(41세) 시 「서러운 해조」≪문장≫ 폐간호에 발표함.

1943(43세) 4월 25일 위암으로 사망. 달성군 화원면 본리
　　　　　 리 산9번지 가족묘지에 묻힘.

1948(48세) 대구 달성공원에 해방 후 최초의 시비가 세워짐.

한국 현대시 100년의 금자탑은 장엄하다. 오랜 역사와 더불어 꽃피워온 얼·말·글의 새벽을 열었고 외세의 침략으로 역경과 수난 속에서도 모국어의 활화산은 더욱 불길을 뿜어 세계문학 속에 한국시의 참모습을 드러내게 되었다.

이 나라는 글의 나라였고 이 겨레는 시의 겨레였다. 글로 사직을 지키고 시로 살림하며 노래로 산과 물을 감싸왔다. 오늘 높아져 가는 겨레의 위상과 자존의 바탕에도 모국어의 위대한 용암이 들끓고 있음이다.

이제 우리는 이 땅의 시인들이 척박한 시대를 피땀으로 경작해온 풍성한 시의 수확을 먼 미래의 자손들에게까지 누리고 살 양식으로 공급하는 곳간을 여는 일에 나서야 할 때임을 깨닫고 서두르는 것이다.

일찍이 만해는 「님의 침묵」으로 빼앗긴 나라를 되찾고 잃어가는 민족정신을 일으켜 세우는 밑거름으로 삼았으며 그 기름의 뜻은 높은 뫼로 솟아오르고 너른 바다로 뻗어 나가고 있다.

만해가 시를 최초로 활자화한 것은 옥중시 「무궁화를 심고자」(≪개벽≫ 27호 1922.9)였다. 만해사상실천선양회는 그 아흔 돌을 맞아 만해의 시정신을 기리는 일의 하나로 '한국대표명시선100'을 펴내게 된 것이다.

이로써 시인들은 더욱 붓을 가다듬어 후세에 길이 남을 명편들을 낳는 일에 나서게 될 것이고, 이 겨레는 이 크나큰 모국어의 축복을 길이 가슴에 새겨나갈 것이다.

만해사상실천선양회

한국대표명시선100 | 이 상 화

빼앗긴 들에도 봄은 오는가

1판1쇄 발행 2013년 5월 10일
1판2쇄 발행 2016년 10월 10일

지 은 이 이 상 화
뽑 은 이 만해사상실천선양회
펴 낸 이 이 창 섭
펴 낸 곳 시인생각
등 록 번 호 제2012-000007호(2012.7.6)
주   소 고양시 일산동구 호수로 688. A-419호
          ㉾10364
전   화 050-5552-2222
팩   스 (031)812-5121
이 메 일 lkb4000@hanmail.net

값 6,000원

ISBN 978-89-98047-39-9 03810

* 잘못된 책은 책을 구입하신 서점에서 교환하여 드립니다.

※ 이 책은 만해사상실천선양회의 지원으로 간행되었습니다.